魯奇歐與呼哩呼哩
好大的西瓜喔～

庄野菜穗子·著　　盧慧心·譯

魯奇歐和呼哩呼哩的夢想，
就是在大莊園裡「就職」成功，
獲得一張暖爐前的床鋪。

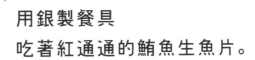

用銀製餐具
吃著紅通通的鮪魚生魚片。

話説回來，
魯奇歐和呼哩呼哩真正的住處，
只會闖進雨水和縫隙風，
床鋪則是一張綻出很多棉絮的髒沙發。

至於他們的三餐，
要是能抓到老鼠，就已經算是大餐了。
平時大多是吃有損傷的剩菜，
甚至也有連剩菜都沒得吃的日子。

有天早晨，
「大哥、大哥！快來一下呀！」

魯奇歐被吵得從沙發上懶洋洋地爬起來，到外頭一看。
只見呼哩呼哩滾動著一個很大的綠色物體向他走來。

「院子的樹蔭下，有個像這樣的東西喔！」

那是一個

好大的西瓜啊。

「這超厲害的！」

「對吧！對吧！」

「要是在岸邊賣掉它，
說不定就買得起鮪魚噢！」

「鮪魚！」

他們倆從昨天開始
連像樣的一餐都沒吃上，
卻突然充滿活力。

然後，
七手八腳地，
把那前所未見的大西瓜裝在手推車上，
朝著海濱出發！

他們把要賣的東西排整齊，
大西瓜放在正中央，
就開始等著客人上門。

第一個客人是個男孩子。

「這西瓜怎麼樣呢？小少爺？」
「我媽媽常說，不能在外面買東西吃。」

接著上門的，
是一位帶著小狗的貴婦人。

「歡迎光臨！這位客人，
海水浴後冰涼的西瓜最好吃囉。來點西瓜吧？」
「哇～這麼大的西瓜？如果吃光這個一定會變胖的！」

貴婦人就這樣走了。

第三位客人，是個大嗓門的老先生。
「天啊～真稀奇。好大的西瓜啊。」
他一邊這麼說，一邊「啪嘰啪嘰」的拍照，拍完就走了。

接下來也有不少客人光顧，但大家都只是驚訝地説：
「真是個好大的西瓜啊。」
然後就離開了。

太陽公公經過天際，落到了海平面附近。
想把西瓜買回家的人，依然沒有出現。

完全熟成的西瓜，
突然「啵」地綻出了一道裂口。

「大哥……西瓜都裂開了啦。」
「……。」

他們倆把大大的西瓜
又裝到手推車上，
疲憊不堪地將大西瓜推上坡。

「……肚子好餓噢。大哥～我餓壞啦。」
「真拿你沒辦法。今晚就吃西瓜吧。」

就在這時候，
手推車一下子倒在路邊，
大西瓜滾了一圈，摔到路上去了。

西瓜就這樣
一路滾呀滾的
順勢滾下坡了⋯⋯

大西瓜掉進了平靜的大海裡。

「啊啊！今天的晚餐……」

「喂！呼哩呼哩，一起追上去吧！」

魯奇歐沿著海岸跑來，眼睛緊盯著西瓜的去向，
衝進起起伏伏的海浪中。呼哩呼哩也拼命地追上來了。

「呸呸呸！大哥，海水好鹹喔。」
「喂！呼哩呼哩！西瓜裡面好像有東西噢！」

哇啊！
裂開的西瓜裡，
有章魚、小魚之類的，
好幾種魚都跑進去了！

「用西瓜釣到魚了！
呼哩呼哩，拿網子來！」

「遵命！」

那天晚上，
他們享用了一頓意外的大餐，
把肚子填得飽飽的。

「雖然沒吃到鮪魚，但這些也還不賴嘛！」

「嗯！大哥，而且西瓜也跟鮪魚一樣，
都紅通通的呀！」

結果……
得意忘形，吃了太多章魚的魯奇歐，
吃壞肚子了。

什麼時候他們倆才能吃到紅通通的鮪魚生魚片呢？

希望那一天早點到來。

Witty Cats 2

魯奇歐與呼哩呼哩——好大的西瓜喔～

ルッキオとフリフリ おおきなスイカ

作者　庄野菜穂子 しょうのなおこ｜譯者　盧慧心｜主編　陳盈華｜美術設計　張闉涵｜執行企劃　黃筱涵｜發行人　趙政岷｜出版者　時報文化出版企業股份有限公司　10803 台北市和平西路三段 240 號 3 樓　發行專線—(02)2306-6842　讀者服務專線—0800-231-705‧(02)2304-7103　讀者服務傳真—(02)2304-6858　郵撥—19344724 時報文化出版公司　信箱—台北郵政 79-99 信箱　時報悅讀網—http://www.readingtimes.com.tw｜法律顧問　理律法律事務所　陳長文律師、李念祖律師｜印刷　和楹印刷股份有限公司｜初版一刷　2018 年 6 月 29 日｜定價　新台幣 320 元｜行政院新聞局局版北市業字第 80 號｜版權所有　翻印必究——時報文化出版公司成立於 1975 年，並於 1999 年股票上櫃公開發行，於 2008 年脫離中時集團非屬旺中，以「尊重智慧與創意的文化事業」為信念（缺頁或破損書，請寄回更換）。

魯奇歐與呼哩呼哩—好大的西瓜喔～/庄野菜穂子（しょうのなおこ）著;盧慧心譯. -- 初版. -- 台北市：時報文化, 2018.6；　面；　　公分　（Witty Cats；2）
譯自：ルッキオとフリフリ おおきなスイカ

ISBN　978-957-13-7431-4（精裝）

861.67　　　　　　　　　　　　　　　　　　　　　107008412